그늘을 담고도, 환한

박선희 시집

지나온 발자국들
더러는 길이 되기도 하고
더러는 흩어지기도 하고

끝내 놓지 못한 것들
내 곁에 남았다

그들을 불러
한 지붕 안에 들이기로 한다

어디에든 머물고 어디에든 머물 수 없는
그늘을 품고도, 환한
모순의 언어들

슬그머니 한 발 디밀어 키를 늘인다

2020년
박선희

차 례

● 시인의 말

제1부 배려는 요구다

제2부 자벌레의 보폭

제3부 숫자를 타전하다

제1부

배려는 요구다

닫힌 문

덜커덕, 문이 잠겼다

약간 뒤틀린 채로 아귀가 맞지 않아
수시로 드나들던
비스듬히 열린 듯 닫힌

잠기리라고는 생각조차 않던
너처럼

비밀 없이 드나들며
호흡을 쏟아놓고 습관을 만들며
함께 했던 것들
모두 그 안에 있다

열쇠 둔 곳 알 수 없다
믿음에 다짐이 필요 없던 날의
우리처럼

열린다는 건 잠길 수 있다는 말
수시로 드나들던 말들에
빗장이 걸렸다
둥근, 멀쩡한 봉을 움켜쥐고
다급하게 불러도 깜깜하게 닫힌

목소리가 튕겨 나오는 문은 벽
너의 문 앞에서 튕겨졌던 나처럼

살짝 들어 꾹 눌러 닫아야만 아귀가 맞던
너에게만 딱 맞던 문
열리지 않는다

내 사랑, 느티

하늘은 막막해 혼자 있고 싶을 때가 있어
비탈진 자갈 언덕을 올라 숨이 차오르면 닿는 그곳
수많은 지느러미 흔들어대며 저만치 서 있는 느티
가지 사이로 보이는 조각난 하늘
그 좁고 깊은 속이 나를 끌어들이지
목까지 차오르게 채운 단추
다 풀 수 있을 것 같아

안녕 스피카,
수만 개의 손을 흔들어대는 내 사랑
비바람에 찢긴 속살을 품더니
가지 안쪽에 새들의 집을 들였구나

　한때 나는 스피카라 불리던 뜨거운 별, 봄밤 하늘에서 빛
나던 처녀자리별이었지 분광쌍성의 두 개의 별, 부푼 심장
으로 공전할 때마다 우린 한 개의 별이 되곤 했어 태양의
수명보다 짧게 태어나 격렬하게 뜨거웠을 별

태양이여 우리를 어디에 감추었는가
술래를 잊은 숨바꼭질은 아직 멀었는가
계절은 가고 오는데
히메로스 언덕에 올라
아직 나는 스피카, 그 이름으로 사는데

붉음을 먹는 저녁

방파제를 따라 여수 집으로 갔다
펄펄 뛰는 새우를 냄비 속에 넣고
불을 댕긴다
보호색을 벗고
일제히 붉음을 토해낸다
약한 자의 대명사로 불리던
불명예를 딛고
새우 싸움에 등 터지는 고래

첫 잔은 원샷, 속내를 외침으로 비우고
껍질의 붉음이 얼굴로 옮겨 오는 동안
우리의 탁자는 출렁거렸다

잔을 돌리며
노천은 단단한 껍질을 벗는다
잘 익으면 먹히는 걸까
붉음이 붉음을 먹는 저녁
몸통이 다 먹히고 머리까지 구워지는

불 위에서 변주되는 등 굽은 시간
노을 한 자락 끌어당기는 해 질 녘
빨간 새우 덜컹, 입술을 문다

저만치,
위험수위를 밝히며 깜박거리는 신호등

키오스크*

모든 지문은 길이다
자, 나를 만져봐 원하기만 하면 가질 수 있어
톡톡 손쉽게 던지는 터치
그러나,
내 지문 속엔 화면이 없다
한껏 뻗은 손가락의 낮은 키를 삼켜버린다
환하게 내치고 있는 사각화면
닿을 수 있는 곳은 모두 잠겨 있다
등 떠미는 시간이 길어질수록
뒤통수에 박히는 시선
온몸은 꺼진 화면처럼 캄캄하다

이빨이 무기가 된 일각고래의 외뿔,
상처가 힘이 되기까지 얼마나 캄캄했을까
바퀴로 가야 하는 길
열린 문 앞, 한 뼘의 턱은
날아올라야 할 벽
그 여정에 부목을 대어 보는 여기는

배려가 허락되지 않은 공공장소

배려는 내게 늘 요구였다

키오스크

* 공공장소에 설치된 무인 정보단말기.

석 달 열흘

손이 있어도 내줄 수 없고
무릎이 묶여 발자국도 찍을 수 없던,
여름 폭풍에 부러졌던 손목
연필을 깎는다
엄지에 힘을 주어 칼등을 민다
주춤주춤 열리는 문
백일만이다

서리 내리는 상강
우편함에 계절이 바뀐 계간지가 도착해 있고
길어진 머리카락 변신이 가능하다

여름의 플라타너스 겨울을 앞세워
버즘나무 되기까지
멈춰버린 모래시계 수없이 뒤집으며 견뎌온
십사만 사천 분分
숫자가 너무 많아 백날이라 쓴다

어둠 속에서 완성된 숫자
동굴에서 마늘로 산 석 달 열흘은
얼마나 더디고 신비한가
가방을 뒤집어엎는다고
비밀을 알 수 있는 것은 아니다

화르륵, 화르륵
붉은 꽃을 피우는 배롱나무
손목뼈에 살이 오르는 동안
나무에 피는 꽃도 있다

첼로 연주자*

몸속에서 울어대는 저 깊고 느린 울음

액자 속에 갇혀 지체된 시간을 문지른다

활을 빌려 우는 몸

손끝으로 맥을 짚는다

지판 위에서 손가락은 자라고 검은 눈발 내려앉는다

긋다 멈춰선 활 끝 아래로 깔리는 어둠

텅 빈 듯 꽉 찬 눈 안에 웅크리고 있는

그림자처럼 따라다니던 발가락

그 곁에 머문 한 사람, 잔느

병마에 목숨을 놓아버린

그 길마저 따랐던 그녀가 죽으며 살려낸 이름

짙게 깔리는 저음

내 사랑,
누구를 살릴 수 있을까

* 모딜리아니 그림 제목.

손금이 가렵다

손바닥을 북북 긁는다
좀처럼 가라앉지 않는 가려움
긁힌 금이 붉게 돋는다
붉은 개미들 줄지어가듯
길을 짚으며 가던 금들
일제히 손가락 사이로 빠진다

뒤집어 본 손등엔
밤낮 으르렁대던 푸른 핏대
붉으락푸르락 굽히지 않던 목소리
모래 위에 부은 물처럼 흔적 없고
긁어도 긁어도 시원찮은 거북 등이
웅크리고 있다

움켜쥐었던 길들은 어디로 사라졌을까

새끼손가락 쪽으로 휘어진 결혼선도
중간중간 끊길 듯 이어진 생명선도

손날 아래로 희미해진 재물선도
붉은 자국 속에 숨어든다

그러쥐고 있던 한 줌의 공기 풀어놓자
가려움으로 깨어나던 오늘의 감정선
잔주름 사이로 가라앉는다

롤러코스터를 타다

너를 거꾸로 세운 적 있다
한 손이 다음 손을 기다리며
쥐여주던 파도
거품을 문 바람이 손을 후려친다
유리창을 튕겨내며 달리는 해변

행성 둘레를 돌던 별들

선을 그리며
지상을 향해 떨어진다
거꾸로 세워야 흘러내리는 모래시계
모두 쏟아지기까지
물구나무서서 내려오는 계단

높은 소리로 맑고 낮은 소리가 둥근
실로폰의 음률처럼
오르고 내리는 일이
아름다울 수 있을까

거꾸로 서서 비명을 쏟아내는
봄날,
바람 불자 왈칵 치솟았다
하늘하늘 내려앉는 꽃잎
떨어져 죽는 줄도 모르고
공중회전을 계속한다

맨드라미

도심 한복판에서 너를 만나다니
차가운 불꽃 앞에서 타버릴 것 같다

붉은 꽃 다 떨어지도록
어둠을 건너온 나는,
겁이 났다

다발로 묶으면 이루어진다는 사랑
너는 다발이 되지 못했다
한 송이 네 붉은 심장 다시는 읽지 않으려
한낮을 울었다

오래전 너는
주말마다 불꽃을 들고 왔었지
나는 데일까 봐 도망갔어
창밖으로 튀어 나간 너의 손목
깨진 유리에 남은 핏빛 언어로도
내 안에 들어오지 못했지

이제 회색빛 재로 남은

흉터가 된 불꽃

시간의 어깨

죽은 시간이 벽에 걸려 있다

둥근 얼굴에 찍힌 발자국

2시 40분,

낮일까 밤일까

텅 빈 거실에 햇살 들여 놓고 있었을까

졸린 달을 배웅 중이었을까

시계에 달린 은빛 날갯죽지에

지친 하루를 걸어둔다

시계가 죽었다고 시간이 멈춘 것은 아니다

몇 시지?

눈길이 먼저 가 꽂힌다

지구에 발자국을 찍던 긴 발과 짧은 발,

멈춘 지 오랜데

쫓기며 걷던 어제를 품은 눈길,

관성의 힘은 질기다

때때로

벽에 매달린 죽은 시간

삐걱,

견갑골 펴는 소리를 내곤 한다.

야생의 감정

빌딩과 숲 사이
건반을 달리는 얼룩말이 살지요

거친 입김으로 무릎을 세우며
서서 젖을 먹이던 그녀
까칠해진 무늬 빗질하며
발굽 소리로 달리지요

손가락 끝으로 얼룩무늬를 읽는 그림자들
하양과 검정을 번갈아 디디며
허공을 타고 오르지요

비명을 질러 울음을 내쫓던
사바나 얼룩말
발목으로 꺼내 놓는 가락에
미끄러지는 오후를 잡아매도
흥건히 쏟아지는 창밖의 햇살
젖은 갈기 말릴 수 없지요

흑백 감정을 감추며

창살에 울렁증 일 때마다

뒷발을 끌어와 웃지요

울음이 웃음이 되는 지점은 어디쯤일까요

왼쪽 눈꺼풀이 파르르 떨리고 있네요

야생을 찾아 골목길을 빠져나가다

꽈당,

감춰둔 얼룩

들키는 중이지요

장밋빛 비강진*

빛을 꽃이라 쓰자
하루 지나 이틀 삼일
시간이 지날수록 더 많은 꽃이 피어나
몸 전체가 꽃밭이 되었구나

네 몸을 빌려 피어난 붉은 꽃
이 한 철,
내내 번져야만 진다는데
씻어낼 수가 없구나

꽃이 몸에 핀다는 건
독소가 몸을 뚫고 솟아오른다는 것
한바탕 울음을 쏟아내듯
몸에 길을 낸 붉은 꽃길
꽃은 그 길이 살길이라는 듯
그래야 살 수 있다는 듯

화사한 병색을 닦아주고 싶다

마구 흔들어 우수수 떨어뜨려 주고 싶다

손을 쓸 수 없을지 몰라요
피아노 치는 내게 했던 의사의 말
하늘이 무너질 것 같던
부러진 손목뼈가 붙으며 노래가 되었듯

아이야!
붉게 붉게 붉은 자국을 토해내는 이 꽃도
네 안에 품어서 피워 보내자

* 장밋빛 반점이 몸 전체에 돋아나는 피부질환의 일종.

칠월

나는 칠월의 신부, 흰 꽃들로 인연을 묶던 그 날 우린 이
미 여름의 밀서를 건네받았는지 몰라

비밀은 뜨거운 빛으로 왔어 태양의 그늘을 피해 찬란하
게 웃고 웃으며 빛나던 고백

너는 바다를 한 번도 본 적 없던 사막, 사막이 사막일 때
가장 눈부시게 환하지, 여름보다 더 여름 같은 여름, 바다
를 품은 여자는 신기루 너머를 보여 주지

속을 드러내던 여름꽃들, 박수 치며 너에게 보낼 때 아,
여름은 순수한 흰 빛, 태양은 흰빛을 눈멀게 해

너는 성스러운 노래로 나를 맞았지 천장을 뚫고 울려 퍼
지던 아베마리아, 그날은 남쪽에서 여름 장맛비가 올라오
는 중이었어

하얀 부케, 내려놓고 싶지 않았지 절정을 향해 치닫는 나
의 칠월은 그해 여름의 제물이었어

비밀

　배달되어 온 짬뽕에는 홍합이 수북하다 부지런히 홍합을
까먹는데 입이 벌어지지 않은 것 하나

　물 밖으로 나와 다물어 버린 입, 하려던 말 무엇이었을까
감춘 말은 사이렌의 유혹이었을까 그의 속살이 보고 싶었
다 꽉 다문 입술을 억지로 벌렸다 욱, 지독한 뻘 냄새, 벌어
진 속은 들켜버린 노래를 뱉어냈다 무덤까지 가져가려는
비밀을 내가 엿본 것이다

　벌어지지 않는 입은 그대로 둘 일이다 그것은 이미 그의
무덤인 것

시

시는

네발로 기던 나를 세운 목발이며

걸을 때마다 허공에 매달린 왜소한 왼쪽 다리며

텅 빈 교실의 파수꾼이며

빈 시간을 눌러대던 건반의 울음이며

찔레꽃 아래서 숨결을 불어 넣던 연애며

청천벽력, 온몸에 줄을 매달고 중환자실에 누워 있는 어머니며

바닥을 드러낸 저수지 아래서 옛집을 더듬던 기억이며

잃어버린 신발을 품고 깨어나던 꿈이며

함석집 처마 밑에 찍힌 낙숫물의 리듬이며

푸르고 누런 계절의 흔적을 물어 나르던 현기증이며

자나 깨나 밀려와 물의 깊이를 재는 파도의 분노며

밤을 인질로 곧게 세우는 펜촉

마침표를 찍는,

다시 시작이다

제2부

자벌레의 보폭

지나친 건기는 우기에 가깝다

많은 바람이 지나갔다

흙먼지 이는 그리움 일 때마다
심장 지긋이 눌러두고 사는 것도
괜찮아

오래 비워둔 길로
그 사람이 왔다
숲이 찰랑거렸다
눈으로 건네는 푸른 노래에
아무렇지도 않은 듯 고요하던 하늘
소나기 내려 마른 땅에 소름 돋듯
흙 보풀 일더니
건기를 키우던 바람
끝내 울음을 가두지 못하고
그녀의 우기가 시작되었다

눈 안 가득 번지는 말을 안고

선인장은 가시 잎을 흔든다
흔들리는 것이 잎뿐일까
눈빛 하나 잠시 머물다간 그 자리에
비는 내리고 그치고

오랜 가뭄에 골짜기로 파인
그녀의 땅,

걷는 나무

너도밤나무로 서 있는 숲
새들이 날아가고 발밑을 간질이던 아이들 돌아서면
나무그림자 귀를 늘어뜨리고
몸속에 갇힌 수천의 발들
고함지르는 파도로 숲을 휘젓는다

그 외침, 뜻에 닿았을까
닫힌 문을 열 듯 첫발을 떼었다
숲을 베어다 깎고 다듬어 태어난 발
걷고 뛰기를 기다렸으나 아기의 걸음
발은 양 겨드랑이에 끼여
자벌레의 보폭으로 걷는다

가끔 길 위로 돌멩이처럼 나뒹굴 때면
푸른 멍 자국을 적시는 우울한 파수꾼의 함성*
그래, 때론 내팽개치고 싶겠지
먼지를 털듯 일어나 걷고 싶을 거야
온몸이 실린 체중을 내려놓고

두 발로 두 발로

그러나 나는 걷는 나무
새의 발자국처럼 작은 무늬를 찍으며 길을 간다
계단이 가로막으면 접었다 펼 수 있는 관절을 생각하거나
겨드랑이에 날개가 돋는 꿈을 꾸며
헛발질 없이 목발의 나사를 풀고 조이며
비밀 결사 동지처럼

두 그루의 나무가 겨드랑이에서 자라는
네 발의 직립보행!

* 로트레아몽의 말도로르의 노래에서 변용.

주산지 왕버들

봄 여름 가을 겨울 다시 봄
계절을 그리던 풍경은 어디 가고
홀러덩, 치마 벗겨진 왕버들
물기 없는 늙은 여자로 서 있다

그녀가 살고 싶은 곳은 물속

제 그림자 끌어안은 아랫도리가 궁금하던 왕버들,
밤마다 거울을 깨고
슬금슬금 팔을 뻗어
물의 내장 속에서 몰래 길러온 연정
안개 걷히는 아침이면
생생한 그림자를 안은 저수지
비밀스레 물든 왕버들은 뚝, 시치미를 떼고

숨겨 놓았던 마음 들킨 걸까
하늘은 핏빛, 마른번개에 천둥소리만 요란할 뿐
바닥을 드러낸 주산지

자라 껍질로 갈라진 왕버들의 발목이
거칠다

인디언들
죽어가는 나무를 둘러싸고
말의 세례로 살려내듯
자궁을 한껏 열 날을 위해

쏟아져라 비야!
비야 쏟아져라!

측도 가는 길

풀독이 종아리를 타고 오른다

메마른 손금에 물길을 내던
그와의 첫 여름
열리는 바닷길에 세워놓고
파도는 처음부터 이별을 노래하고 있었지

가시리 가시리잇고
바리고 가시리잇고

열었다 닫았다
마음에 지퍼를 달고
여러 날 그늘을 떠돌며 지냈다
눅눅한 어제를 말릴 붉은 태양이 필요했지만
멀쩡한, 날들을 서성였을 뿐

검지손가락 끝으로 되짚어 온 바다
오래전 연인의 몸으로

빛나던 말을 걸어온다
물속 길 따라 박혀 있는 전신주
그 기둥에 새겨 넣었던 돌의 말
하루에 두 번 물이 길을 낳을 때마다
상처를 열어 말리며
달을 향해 푸르게 웃었을까
밖으로 드러난 불안을 어루만지며
흔적을 수장할 물때를 기록 중일까

어둔 기억을 잡아끄는 환한 하늘
물의 손, 그를 지우고 있다

푸른 피가 수혈되다

집게발이 묶인 채 꿈틀거리는 랍스터
냉동실에 넣는다
삐거덕, 외짝 문이 열릴 것 같은

고무장갑을 끼고 꺼낸 너는
검은 눈알을 천천히 굴리고 있다
놀라 뒷걸음치다
얼음물 속에 다시 넣는다

수면 밑바닥 길만 고집하는 습성
위험 앞에서 사지를 절단하고도
다시 살 수 있는 너
방패도 되고 무기도 되는 발을
어떤 마법이 통발 속으로 걸음 하게 했을까

지상에 첫발이 닿기도 전에 묶인
길이가 다른 저 발
단단한 껍질 속으로

거친 숨소리가 만져진다
와락,
억지로 오므려 놓은 가위의 양날

양수로부터 건져 올려지기 무섭게
절뚝여 온 내게
깊고 어두운 곳에서 걸어왔을 저 눈길
말을 건넨다
깊은 바닷속에서 두 발로 걷던 시간을
기억하느냐고

백 년은 족히 산다는
당신의 마지막 외침,
붉은빛을 토해 놓으며
나에게 푸른 피를 수혈하고 있다

30초의 발목들

흑백이 교차하는 횡단보도
우르르 몰려든 발목들
멈춰선 차량들 일제히 눈을 부라리고
카운트다운에 들어간다
유독 걸음이 불안한 여자
뒤뚱거리며 내딛는 관절이
사방으로 파열음을 흘린다
초록 신호등에 실려 줄어드는 숫자들
등 떠밀어내듯 재촉한다
클라이맥스를 향한 연주에 무심한 발길
한 옥타브 뛰어오르는 건반과 건반 사이
그녀, 보폭을 늘여보지만
한 발이 또 다른 한 발을 끌어모을 뿐
불협화음으로 이어진다

가끔씩 발목을 삼켜버린
포르티시모 울음을 쏟아도
무심히 30초는 흐른다

숫자가 제로를 가리키면
갈라져 있던 물이 길을 지우듯
사라지는 횡단보도
요란히 울리는 경적 소리만 홍건하다
더딘 걸음에 반음을 덧대던 그녀,
서둘러 음계를 내려온다

울퉁불퉁한 손

끼웠다 뺐다 끼웠다 뺐다
당황한 빛이 역력한 굵은 손마디
반지를 끼고 싶어
좌판 앞을 서성이다
덜커덕,
바깥 시간에 걸린다

토끼풀로 꽃반지 만들어 끼던 한때는
깍지 낀 손만으로도 좋았다

양손이 목발에 묶여
손 한 번 주머니에 넣을 수 없었던
울퉁불퉁한 기록을 빼면
입김 불어 닦아낸 거울처럼
다시 그때가 될 수 있을까

나는 손이 발이었다

한 방향만 가리키며 외곬으로 걸어온 손마디
나무뿌리같이 불거져 나와
좌판을 서성이던 햇살에 들키고 있다
웅크린 손가락에 이렇게 미안할 때가 있다니

손마디를 부풀린 바람
나의 직립과 보행의 길을 세워준 것은
늘 바깥이었다

느림의 속도

좁고 넓은 길을 이으며 달리다
비상등을 켠다
브레이크등, 미끄럼방지등, ABS등
계기판에 붉은 표시 한꺼번에 들어왔다
갓길 빗속에 서서
비를 꺾어 오일을 점검하고,
시동을 껐다 켰다,
브레이크를 밟았다 뗐다,
눈을 씻고 봐도
붉은 언어 읽어낼 수 없다

빗줄기는 여전한데
불안이 엄습해 온다

심호흡을 안전벨트에 묶고
비상등으로 천천히 움직인다
계기판에 묶인 속도는
느릿느릿,

코뿔소 같은 굉음으로 질주하는 생의 구간
느림은 두려운 속도다

비 맞는 이팝꽃들,
천천히 다가왔다 점점이 멀어지고
오월의 연초록 잎들 싱그럽기만 한데
세종은 아직 멀고
43번 국도에는 휴게소가 없다

오, 세종

눈물은 낮은 곳으로 흐르지 않는다

폭설이 내리고
지붕에 쌓인 눈물
꼭대기 층 외벽 난간
꽁꽁 걸어 잠근다

밤사이 세운 철창
어떤 거짓이 코를 늘이는지
얼음벽 안에 갇혀
기둥이 자란다

눈물의 마지막 주소를 가둔 투명한 벽
어디가 안이고 어디가 밖인지
내장을 훤하게 드러낸
얼음의 경계가 불투명하다

물구나무서서 송곳니로 자라는
딱딱한 슬픔
중력을 거스르지 못한

허공이 위태롭다

얼음기둥이 된 철창은
무게를 버릴 때마다 운다 그러나,

샤콘느

활을 놓친 그녀, 눈길

천천히

천천히

낮은 조도 아래 초대된
어리고 여린 양들을 향해 있다

연주의 시작은 다만, 동기일 뿐
선율은 침묵을 타고 이어진다.

안에서

안으로

그녀의 활, 바닥에 누워서도
자금자금

울음을 키우고
잔파도를 일으키며
지친 영혼의 눈을 적신다
울컥울컥

비탈리의 샤콘느
지상에서 가장 슬픈 음을 끌고
현에 고인 울음을 쏟아낸다

비보호 좌회전

처음부터 혼자였던 것은 아닐까
전속력으로 달렸는데
백미러로 바라본 뒤가
휑하다

맨 앞이 뒤처진 자인지
뒤처진 자가 맨 앞인지
원형의 트랙을 몇 바퀴씩 달려야 하는 경주처럼
어지럽다

멈춰 선 신호등 앞
왼쪽으로 구부러진 화살표는
다시 시작하라는 신호일까

경로를 이탈하였습니다
신호와 속도에 주의하십시오
여기는 위험지역입니다
지금껏 바깥귀에 익숙해져 달려왔다

별자리에서 보내온 명령을 받아내며
방지 턱 하나 놓치지 않는
치밀한 틀 안에서
나는 무사했는가

정해진 길의 무게,
그 신호체계 앞에서 내게 주어진 길은
비보호 좌회전
눈치껏 안전을 확보하며 달려야 한다

오랫동안 보호받지 못한
늑골의 통증
쿨렁, 방지 턱을 넘어선다

숨바꼭질

마주 보는 일은
한쪽 면만 도드라지게 새긴 부조浮彫
서로 등을 감추는 일이다

창밖 공원에는 비가 내리고
표정을 들키고 싶지 않은 여자
모서리에 앉아 찻잔을 만지작거린다

오랫동안 앉아 있어도
손닿지 않는 곳

빙글빙글 도는 찻잔엔 등이 없다

꼭꼭 숨어라 꼭꼭 숨어라
그림자 뒤에 숨은 아이들
어둠이 내리는 창
술래는 그림자를 찾을 수 있을까

보이지 않는 거울을 보며

등을 돌리는 사람들

돌고 또 돌아도

혼자서는 잡을 수 없는 그림자

한 사람이 먼저 돌아서야 비로소

환해지는 등

참았던 숨 토해내듯

바닥이 등을 읽고 있다

신종 바리케이드

1
동선이 단순해졌다
집과 직장만 오간다

외부의 바이러스를 차단하기 위해
마스크를 쓰는 순간
나도 차단된다
마스크는 미래의 가면인가
가면 안에서 들이마시고 뱉어내는 숨
시야를 가리며 길을 막는다
신종 바리케이드다

방 안에 앉아 화장지를 클릭하고 라면을 클릭하고 비타민
을 클릭하고 마지막 현관 앞을 클릭한다

혼자 먹고 혼자 놀고
미래의 시간은 벌써 문 앞에 와 기다린다

장례식에도 조의금만 보내고
졸업식도 유튜브로 진행하고
무관중 경기 무관객 공연
사람을 쬘* 수가 없다
미래를 위한 수순일까

2
기침 소리가 나자
눈동자들
소리의 출처를 찾는다
누군가 던진 시치미는 오리무중이다

불안은 불안을 키우고
뉴스는 뉴스를 부풀리고

바깥세상과 소통을 끊은 채 유폐된다

* 유홍준 시인의 시에서 인용.

황색파선

여름을 끌고 나섰다

연료는충분했고소통은원활했고낮은지붕들모여편안했고
맞잡은손따뜻했고미래는미래를향해달렸다

두발묶인겨울이었고방전된배터리였고저체온의밤길이었
고정체된도로였고접근금지통고였고흔들리는눈길이다가
방치된믿음이었고벼랑끝의바람이었고맨발의여자였고잃
어버린오른쪽귀걸이였고짧게잘린머리칼이었고차단된통
화였고사라진길이었고

때때로 열리고 닫히는
이젠
넘나들 수 없는,
가변차선

제3부

숫자를 타전하다

그림자놀이

창은 사각의 햇살을 끌어들여
방을 차린다
벽에 상이 잡힌다
그러나 초점 밖의 사물처럼
나는 그 방에 들 수 없다

빛을 모으는 손바닥만 들락거릴 뿐
너와 빛 사이에 선 것들,
그림자 속에 책이 되기도 하고
모빌이 되기도 하고
간혹 꽃으로 피기도 한다

내겐 빛이 없다
손을 넣어
새의 날개도 달아주고
고양이 혀도 그려주고 싶은데
그늘에서 부르는 손짓으론 네 안에 들 수 없다

지문을 찢으며 가까스로 한 뼘씩 짚어 가면
어느새 너는 저만치
젖은 목소리로 불러보지만
햇살엔 귀가 없다

관계자 외 출입금지 팻말이
가차 없이 뻗은 손 툭, 내려치고 마는
나는 아웃사이더
이 방의 주인이다

의자를 지키다

의자에 앉아 있다
오랫동안 눌러놓은 돌멩이처럼
자리를 지키며
입구 쪽을 힐금거린다

가방이라 불리기 전
한 번도 담아본 적 없는 저를 찾은 걸까
앉아 있는 일이 전부라는 듯
바깥으로 모험을 감행하지 않는다

악어이빨 지퍼를 물고
시선의 먹잇감이 되지 않겠다는 듯
목줄이 당겨진다
팽팽하다

지하철을 오르내리며
지친 어깨에 매달려 뒤뚱거리던 걸음
수시로 쑤셔 넣은 불만으로

퉁퉁 부어 있던 그

오래도록 열리지 않는 출입문을
각진 얼굴로 바라본다
삐거덕,
자세를 고쳐 앉는지
의자가 소리를 낸다

소리가 주인인가

누운 입

남자가 전신마취 속에서
나사못에 박히는 동안
여자는 모니터 앞에 앉아
너무 늦은 것은 아닐까
무너져 내릴 것 같은 모진 시간

801호
삐걱이는 침대 위에 누운 남자와
그 옆에 바짝 붙어 있는 여자
오랜 세월을 견뎌 낸 청동 주전자
주둥이는 간병인을 들이자 하고
설레설레 고개만 흔드는 손잡이

암벽등반을 배우겠다는 여자,
침대 바닥에 누워버린 절벽이 된 남자가
발 뻗고 편히 자자 달랜다

곁을 지키던 여자

누운 입에 죽 떠 넣어 주고

여린 햇살에 기대 얕은 잠에 든다

어깨를 다독이는 남자의 눈빛

슬쩍 등에 손 올리면

난로 위의 주전자처럼 끓어오를지 몰라

환하게 울음 울지도 몰라

바람의 빙렬

굳은살로 누렇게 두툼하던 바닥
눈에 띌 때마다 칼로 오려내곤 했다

키를 세우기 위해 발자국을 옮길 때마다
손바닥엔 살 아닌 살이 박혔다
어깨들이 아우성을 치며 힘줄을 놓아버리고
얼굴을 쓰다듬다 생채기를 내기도 했다

주머니 속 거친 어둠을 만지며
햇살 아래 서기를 두려워하다가도
피아노 앞에서는 당당했다
때때로 파열음으로 미끄러지기도 하지만
건반 위에서의 질주는 화려했다

손바닥을 들여다본다
오랜 시간 바닥은 손을 잊고 산 듯
빙렬氷裂을 품은 단지처럼 자글자글
실금 사이로 마른 바람이 분다

이 길 끝에 누가 있어 악수를 할까

데칼코마니

고개 숙이고 걷다가
떨어져 쌓인 나뭇잎을 본다
알 수 있다 머리 위에 당신 있음을
차마 고개 들 수 없다
울음도 없이
헐렁하게 서 있을 당신

우리 처음은 어디로 갔을까
어긋난 나뭇잎 사이로 얼룩지던 하늘
점점 희미해져 가던 점묘화
한쪽 날개로 울음을 옮겨 적으며
바람 위를 걷던 발자국
붉게 매달렸다

눈물 툭,
떨어뜨려도 살아나지 않을
허리 굽혀 주워든 낙엽 한 장
얼굴에 눌러 본다

찍혀 나온 그곳

잃어버린 날개 파닥거린다

혼잣말

왜 혼잣말을 해 듣지도 않는데

식탁에 마주 앉아 밥을 먹는다
그가 핀잔을 준 후로
옆에 있어 하는 말도
내 말은 혼잣말

말이 튕겨 나올 때마다
입을 틀어막는다
정적을 휘감는 팽팽한 긴장
조심스런 수저질 소리
와싹, 무를 씹다 말고 놀라
꿀꺽 삼켜버린 혼잣말

혼잣말을 안 했을 뿐인데

입술이 가둔 말 두통으로 올 때
가시를 뽑아내듯 뱉는 큰 숨

마침표를 찍지 못한 원고 몇 장
푸드덕

날아오른 말꼬리에 매달려
출구를 찾는
혼잣말

수명을 생각하다

자동차 소리가 경운기처럼 달달달 요란하다

엔진 코일이 끊어졌네요
수명이 다한 거죠
십수 년을 달려와 고장 난 엔진

나는 얼마 전
퇴행성 회전근개 파열 진단을 받았다
끊어진 어깨의 힘줄같이 자동차 코일도
수명이 다한 걸까

카센터 의자에 우두커니 앉아
수명에 대해 생각한다
꽃의 수명
나비의 수명
나의 수명

인디언들은 육십이 되면

나이를 거꾸로 센다지
신이 주신 덤에 감사하며

끊어진 엔진 코일이
파열된 시간을 일깨우는 아침
부속을 갈아 끼우며
끊어진 인대를 이어놓은,
어깨 수명을 어루만진다

시동을 건다
잠잠해진 엔진소리 뒤로 따라오는 말
당분간 괜찮을 거예요
고쳐가며 사는 거죠

타임캡슐

고향 집 마당에 그늘을 키우며
단단해진,
택배로 온 수수감
베란다에 일렬횡대로 세워진

어느 날,
한꺼번에 불을 켠 절정의 순간
그 빛 풀어보지도 못한 채
냉동고 속에 묻혔다

천칭자리를 건너온 수척한 별 하나
오랫동안 삼키지 못한 페이지 꺼내
천천히 어루만지듯

꽁꽁 얼어 있던 붉은 시간
접시 위에 올려놓자
온몸을 둘러싼 서리꽃,
입김에 녹아내리듯

움찔,

제 몸을 풀어내고 있다

내 안의 아이에게

쓰러졌다 일어서는 갈대 물결
원추리꽃 한 송이 바람에 흔들리고 있다
비가 쏟아지겠군
요란하게 천둥이 친다
번쩍,
불안이 몰려온다
서둘러 발길을 옮기며
바람에 목이 꺾이지 않을까
자꾸 뒤돌아본다

어릴 적 빈집에 혼자 남아 있던 날
컴컴하게 몰려오던 구름과 천둥
삐걱이는 서너 계단을 올라
엄마 신발을 품고 다락 안에 숨었다

그 안에 갇혀 자라지 못한,
불안에 떨며 잠들었던 아이
원추리꽃 위의 태풍을 읽으며

불쑥 고개를 내민다

비가 쏟아지자
온몸이 떨려온다

아이야, 얼마나 캄캄했니
겁에 질린 너를 버려둔 채 외면하고 살았구나
자, 어서 내 손 잡으렴

그녀의 방

그녀는 도시의 오지에 산다

햇살 꺾인 반지하 창문 밖으로

빛이 고여 있는 1층 시멘트 바닥

빗소리가 문지방에 나란히 눕는 날이면

눈치 없게 곰팡이도 덩달아 눕는다

그녀의 일 순위 목표는 햇살 드는 방

지하 계단을 벗어나 매일 공연하고 알바하며

햇빛에 사다리를 놓고

새벽까지 꿈을 오른다

늦은 시간

외진 골목을 되짚어 계단을 내려서면

와락, 덮쳐오는 습한 냄새

그녀를 기다린 것은

빠끔히 피어 있는 곰팡이

지상을 그리워하는 그녀만큼

창을 향해 오르고 싶은 꽃

지하에서 반지하, 지상의 방 한 칸까지
꿈은 자면서도 자란다는데

그녀 눈뜰 때
창틈으로 햇귀가 보인다

폴더를 접고 허리를 펴다

메시지창이 뜬다
— 자니? 좋은 아침이야

몸을 접은 폴더 대신
터치만으로도 반색하며 열리는 스마트폰
팔순 노인은 늦재미에 빠졌다
알람 소리보다 먼저 일어나
날려 보낼 새를 짓느라
고부라진 등에 날개가 돋는다

— 소나ㄱ비가와서오ㅅ도저ㅈ고머리도저ㅈ고
먼 길을 날아온 새
자음과 모음이 나란히 서서 빽빽하다

— 아직 글시가 서툴다
어제 날아온 새는 쌍시옷을 빠뜨리고 오더니
오늘은 덜컥, 빨간 하트를 업고 왔다
— 너무 좋구나♡

어떤 이에겐 당연함이 어떤 이에겐 신세계일 수 있다니
조금 느리고 서툴게 오가는 핑퐁의 창
온도 게이지가 올라간다

— 4시면 아버지랑 운동 간다
— 오늘은 병원에 와서 독감예방 주사 맞는다
— 저녁이 빨리 오는구나
어두운 귀 훔치지 않고
눈꽃 피워 일렁이는 엄마의 일상을 읽는다

단풍 진 감나무 아래 아버지를 세워 찍은 사진이
날아왔다
— 엄마, 멋져요
먹먹한 눈으로 새 한 마리 날려 보내고
한참을 기다린다

제4부

말 울음 소리를 내다

벼랑에 키를 꽂다

시동을 걸자

트럭 한 대

높다란 말 울음 소리를 낸다

노후대책에 발목 잡혀

다시 걷기 시작한 지 2년

짐을 싣고 옮겨 주는 트럭

지구 두 바퀴나 돌았다

놓친 길을 되돌릴 때면

이기지 못할 무게로 휘청이며

갓길에 비상등을 켜는

아직은 어둠이 더 많은 새벽

그의 일기는

속도로 쓰여졌다

고양이 눈빛으로 달릴 때면

창으로 달려드는 날벌레와 쏟아지는 졸음

허벅지를 때리며 부르기 시작한 노래 동이 나면

자신의 이름을 부르고 또 불렀다

동해 어느 카페에서 주문받은
통유리 문 두 짝,
투명한 햇살을 받아 낼 유리창이
어둠으로 단단히 묶여 있다

별빛이 더 많은 새벽
길 없는 벼랑에 키를 꽂은
트럭의 무게는 1톤이다

위한다는 일

새끼들 태어나자마자 잡아먹혀
어미만 따로 유리그릇에 옮겼다
출산이 임박한 물고기
어항 속을 휘젓고 다녔다

낯선 환경으로 위협을 느꼈던 거야
뱃속의 새끼를 지키기 위해 필사적이었겠지
온몸으로 뛰어오른 높이가
낭떠러지가 될 줄
죽음에 이를 줄

바닥은 굳어가는 죽음을 받아안고 떨고 있었다
행여, 돌아올까 무리 속에 넣어 보지만
힘겹게 숨결 흐려지는 중이었다
위한다는 일이 죽음에 이르게 하다니

축축한 몸이 말라가는 동안
제 목숨 캄캄해지는 줄도 모르고*

고요를 끌어안은 어미
새끼들에게 무슨 말을 건넸을까

깜깜하고 깜깜한데
너는 내 눈 속을 헤집으며
밤낮으로 뛰어오르고 있다

* 김충규 시인의 시에서 인용.

허름한 등

우체국 창구 앞
한 노인이 낡은 통장 들고
구부정하게 서 있다
어르신, 함자를 쓰세요
창구 아가씨 말소리
뒷줄을 넘어간다
도장도 찍으세요

등뼈로 키워 날려 보낸 새들
가파른 계단에 발목 잡힌
어버이날
마음 대신 부친 돈,
한 끼 밥이라도 사드시라고
목소리로 날아갔을까

꾹꾹 종이 위를 기어가는 검버섯 손등
칸 메우는 건
암것도 아녀, 서툰 손길이

당당하다

번호표를 들고
허름한 등 뒤에 멈춰선 눈길
빈칸으로 남은
기다림도 먹먹하다

첫, 사랑

나무를 심어야 하는 날이었어
호호동굴에 앉아 처음 너를 보았지
밤새 그리고 지우기를 거듭하던 너
텅 빈 캔버스로 우린 기차를 탔지

그게 첫사랑이라니
치자 꽃향기로 스미던 사람
카페 불빛 아래서
빗물 뚝뚝 떨어지는 우산 속에서
안개꽃으로 다가오던 사람

온 생애가 걸릴 듯 종일 기다려도
기다리다 돌아서도
오늘이 괜찮다 싶던
첫,
저만치 서 있는 경계를 지워버리는
그렇게 물들이고 이내 녹아버리거나 사라지는

당신이 깨워 준 시간은 길기만 했지

다음을 묶어버리는 첫,

늦도록 서성이다 겨우 든 잠을 깨우며

먼 기억 틈으로

불현듯 안부를 묻는

고요

한낮 추모공원
햇살이 쏟아진다.
연두 잎들 눈부시고
잔디 위 민들레 점점이 노랗다
비행운을 그린
비행기 한 대 지나간다

발밑을 오가는 개미들
땅 위의 나뭇잎 그림자를 읽고 있다
나무와 나무 사이 새들 날아오르고
그늘 따라 조금씩 자리를 옮기는 햇살

환한 적막을 밀고 할머니 한 분 들어선다
의자에 신발을 벗어두고
정강이 위로 바지를 걷어 올린다
살비듬 흩어진다
오종종 모여든 햇볕
생의 질곡 건너온 허연 종아리를 쓸어내린다

잠시도 쉬지 않고

햇살 쪼는 부리로 다가오는 그림자

꿀꺽, 침 삼키는 소리에

푸드덕, 비둘기 날갯짓

날아올랐다 가라앉는

소란이 고요하다

밥터디

공단에서 조사원이 나왔다
활동보조원을 지원해 드립니다
장애 2급, 그녀가 적은 것은
점심을 함께 먹어 줄 사람

그녀는 즐겁게 물방울무늬 식탁보를 깔고
한창 증기 배출에 힘 쏟는 밥솥을 곁눈질하며
상큼한 눈웃음으로 버무린 굴버섯볶음
구수한 들깻가루 미역국을 끓인다
그 곁에 하트 모양의 붉은 체리를 섞은 샐러드 한 접시
너무 달거나 너무 싱겁지 않은 미소도 한상

그러나 정해진 시간에 정해진 사람과 함께 먹는 밥은
미끈한 국에도 상큼한 물김치에도
향긋한 샐러드에도
목이 멘다

그래도 창밖 햇살은 다정다정 간질간질

우리들 잠긴 혀에 말을 걸어오고

우리는 그 따사함에 서로의 눈길을 녹이며

한 가족처럼 토닥토닥 밥을 먹는다

속사랑

밥을 꾹꾹 눌러 담은 고봉밥
뚜껑을 닫고 수건으로 여러 겹 감싸
아랫목에 쑥 넣는다
밤길을 되짚어 오는 허기에
뜸 들이는 시간은 달콤하다
이불 속 옹송그리는 발에
한두 번 채여 구르기도 하지만
밥그릇은 여전히 따뜻하다

문이 열리고
찬바람을 털어내면
낮은 촉수 아래 상이 놓이고
곰삭은 김치, 알몸의 장아찌, 말간 간장
몇 술 맛나게 뜨시던 아버지
수저를 내려놓고 슬쩍 상을 물린다

어머니가 눈을 흘겨도 모르는 척
밥상에 둘러앉아 신나는 우리들

달그락달그락

계란 노른자가 감춰진 밑밥 나눠 먹고

이내 노곤한 잠이 몰려오고

가만가만 겨울밤이 깊어가고

두 얼굴

당신은 살아 있는 천사예요

타인이 여는 낯선 문
거짓말하다 들킨 것 마냥
웃는 얼굴이 화끈거립니다

당신은 속은 겁니다.
웃고 있는 얼굴은
문설주 위에 붙이는 노란 부적 같은
야누스의 문지기일 뿐

많고 많은 사람 중에 왜 하필 나냐고
왜 두 손 두 발 다 묶어 놓느냐고
절대 용서하지 않을 거야
울컥울컥 넘어오는 원망과 분노, 욕지거리들
가슴 치며 따져 묻고 싶은
닫힌 문 안은 온통 활화산인데

미소만으로 가슴에 성냥불이 켜진다는 말처럼
나의 웃음이 한 줌 온기를 드렸나요
육체는 앞문, 영혼은 속문
하나의 얼굴을 갖고자 함은
쇠약해지는 법 없이 태양을 기다리지만*
두 얼굴로 사는

안팎이 한통속이지 못해
모래언덕을 헤집는 줄기찬 바람처럼
밤을 뒤척임으로 가득 채운
나는,
타락한 천사입니다

* 로트레아몽의 말도로르의 노래에서 인용.

그늘을 담고도

거머동 넘어 구불거리는 길을 따라
순두부를 먹으러 갔다
뱀의 허리쯤에서 찾아 들어선 곳
이끼가 하나둘 돌계단을 기어오르고
모과나무 수문장으로 서 있다

연못 안,
뚝뚝 붉은 목청을 떨어뜨리고 선 단풍나무
물구나무선 채 온몸을 들이미는 수양버들
슬쩍 하늘 한 자락 품고 귀를 연 목련 나무
닿지 못한 그늘로 목을 늘인다
저마다 한 자락씩 드리워진 그림자로 그늘진데
그늘을 품고도 환할 수 있다는 생각

한 이불 안에 발을 쑤셔 넣고 환히 웃던 육 남매
젖은 그늘을 딛고 일어서고
밝은 그늘을 키우고
말랑거리는 그늘을 깎아 말리고

내 안에 발을 담근 마른 그늘

슬며시 한 발 디밀어 키를 늘인다

밥차

6층 병동
밥차 구르는 소리가 나면
감긴 눈으로 일어나는 입들
침대를 L자로 세우고 앉아
이름표를 단 식판을 받는다

차례로 반투명 뚜껑을 열면
김치, 호박볶음, 뭇국
간 없는 맛이다
맞은편 여자는
뚜껑도 열지 않는다
침샘도 말릴 것 같은
진통제를 삼키기 위한 밑밥일 뿐
그저 묵묵히 수저를 들었다 놓는다

묶인 팔다리에 수감된 허기
정해진 밥시간이 지나면
수거되는 식판들

바퀴를 굴리며 멀어져 간다

두부처럼 물컹한 시선 허공에 두고
느린 회복으로부터 벗어나고 싶은
깔깔한 시간을 건딘다

비문증

느슨하게 풀어둔 시간을 틈타
내게 온 낯선 몸짓
찢긴 날개로 어룽어룽
손 휘저어 쫓아내도
눈썹 하나 까딱하지 않는다

현관 센서등 켜졌다 꺼지고
식탁 위치만 조금 바뀌었을 뿐
책상이나 침대 그대로인데
눈과 눈 사이에 갇혀
파닥이는 날갯짓

비문을 읽어내지 못한 문장들
꼬박 밤새우는데
어둠 속까지 따라와
끈질기게 길을 훔친다

허공을 딛는 발자국,

땅만 파는 날개,

오선 밖으로 튀는 음 이탈,

죽지 않고 버티는

비문증은 나의 비문

너에게 가는 길

벌써 몇 번째 놓쳤던 길인가 매일 품어 향하지만 두려웠다 가까운 길을 두고도 먼 외곽으로 돌며 머뭇거렸던 날들 네가 없었다면 이 길 위로 올라서지 못했을 거야 이제 곧장 달리기만 하면 되는 거지 갑자기 캄캄해지는 하늘 보이지 않게 쏟아지는 빗줄기 앞에서도 망설이거나 우회전하지 말고 직진만 하면 되는 거야

온 맘을 다해 절 세 번만 해도 존재가 바뀐다는데 튀어오르는 용수철을 꾹꾹 누르듯 애써 감금시킨 채 건디던 날들 점점 높아지는 수온 속에서 흰 배를 뒤집어 보이며 둥둥 떠오른 물고기 같은 시간

기다리고 있다고 건네던 너의 목소리 자유로웠던 몸의 기억들을 더듬어 곧장 달리기만 하면 되는 거야 바싹 마른 입술을 비집고 핏물이 배어 나온다 기다림에도 유효기간이 있을까

네가 없다면

보호받지 못한 몸의 증언들

문신

(문학평론가 · 우석대학교 교수)

1

박선희 시를 견인하는 미학은 몸의 사유다. 이렇게 말하는 것은 투명하지 않으므로 고쳐 말하고 싶다. 박선희는 몸이 사유하는 방식으로 시를 쓴다고. 그럼에도 부족함이 있다면 이렇게 다듬어볼 수 있겠다. 박선희 시에서 사유하는 주체는 몸이다. 이러한 접근은 얼마쯤 감내해야 하는 위험 요소가 있겠지만, 경우에 따라 그것을 묵인하고 싶을 만큼 매혹적인 시적 방법이다. 그럼에도 매혹을 먼저 말하고 싶지는 않다. 몸의 사유가 얼마나 위험한 일인지에 따라 매혹의 치명성이 예리하게 반짝거릴 것이기 때문이다.

정신과 신체 혹은 영혼과 육체의 분리는 그 기원을 거슬러 갈 수 없을 만큼 오래 전 일어난 일이다. 인간이 생각다운 생각, 이른 바 사유 활동을 본격적으로 시작한 때가 고대 그리스 철학 시대로 알려져 있으니, 적어도 수천 년 동안 몸은 정신과 영혼의 규율 속에서 혹독한 존재론적 고독을 경험했을 것이다. 그 사이 우리는 스스로를 사유하는 존재라고 규정함으로써 정신에 예속되었고, 근대 합리주의, 과학주의를 통해 이성 시대의 정점을 구가하는 중이다. 이에 반해 몸은 영혼에 부차화된 한갓 욕망 덩어리로 취급되었다.

이렇게 근대 이성의 규율은 몸을 특별한 지위로 격하시켜 놓고 교묘하게 구속해왔다. 몸은 선의 편에 설 수 없었고, 몸은 교양의 대상이 아니었으며, 몸은 언제나 해체 가능성으로 존재했다. 그러나 공교롭게도 이성과 정신이 고양되는 과정에서 몸의 비밀이 하나씩 폭로되기 시작했다. 몸의 유기적인 생명 현상이 드러나면서 소박하나마 신체의 자율성이 확인되었고, 정신 및 이성의 존재 근거로서 몸의 장소성이 제기되면서 몸은 하나의 자족적인 세계로 존재할 수 있게 되었다. 이것이 몸이 획득한 신체성의 많은 의의 가운데 하나일 것이다.

그러나 좀 더 주목하고 싶은 것은 신체 '경험'의 정당성이 사유 경험 수준으로 격상될 여지가 생겼다는 사실이다. 이러한 가능성은 몸을 정신과 분리된 대상이 아니라 몸을 정신 작용의 장(field)으로 인정할 수 있다는 뜻이다. 그럼으로써 인간 생명 현상은 기계적인 기능 구조를 벗어나 유기체로서의 자기 원인 구조로 인식의 전환을 이끌어내게 되었다.

이런 점이 근대 이성의 규율에 도전하고 있는 것이 박선희 시가 안고 있는 위험 요소가 될 것이다. 같은 의미에서 신체 경험을 인간 삶의 자기 원인으로 삼고 있다는 사실은 그의 시에서 읽어낼 수 있는 매력이 되기에 충분하다. 다음 시에서 박선희가 구조화하고 있는 신체 경험의 사유를 감지할 수 있다.

> 그러나 나는 걷는 나무
> 새의 발자국처럼 작은 무늬를 찍으며 길을 간다
> 계단이 가로막으면 접었다 펼 수 있는 관절을 생각하거나
> 겨드랑이에 날개가 돋는 꿈을 꾸며
> 헛발질 없이 목발의 나사를 풀고 조이며
> 비밀 결사 동지처럼
>
> 두 그루의 나무가 겨드랑이에서 자라는
> 네 발의 직립보행!
>
> ―「걷는 나무」 부분

근대적 삶의 한 표상으로 '사유의 미학'을 제출하는 것은 어렵지 않다. 우리는 생각하는 능력에 관한 한 다른 생명체를 향한 배타적 독점권을 주장해왔다. 데카르트는 사유하는 인간이라는 '코기토cogito'를 통해 신과 자연으로부터 인간의 독립을 선언했다. 사유하는 능력을 통해 인간은 신(자연)의 절대적 세계에 도전할 수 있게 되었고, 외부라는 미지의 세계를 탐험하고 그에 대한 앎을 축적해왔다. 그럼으로써 인간은 신(자연)의 손아귀에 있던 세계 질서의 주도권을 가져올 수 있었다. 그러나 이성과 사유가 비만해질수록 우리 인간의 몸은 점점 세계를 감지해낼 수 있는 감각의 기회를 박탈당하고 있다. 보고, 듣고, 맛보고, 느낄 수 있는 감각의 기회는 그것들의 보조 도구에게 주도권을 넘겨주었다. 다양한 디지털 기기는 우리의 몸이 세계를 직접 감각하는 것을 못마땅하게 여긴다. 보고 듣는 감각 행위마저도 각종 도구를 통해 사유하기 시작한 것이다. 이런 상황이 가속화된다면 미래 세계를 다루었던 영화에서처럼 인간은 호모 사피엔스를 넘어 신체 없이 존재하는 기형적인 정신(뇌) 활동으로 진화해갈지도 모른다.

박선희는 사유의 전면화 속에서도 「걷는 나무」를 통해 존재의 본질이 신체성에 있다는 사실을 확정한다. "두 그루의 나무가 겨드랑이에서 자라는" 일은 몸에 의한 몸의 확장이자 존재의 존재 생성의 한 상징처럼 읽힌다. 보다 섬세하게 눈여겨볼 지점은 몸의 존재론을 통해 확보한 "직립보행!"에 대한 선언적 전망이다. 그것은 "비밀 결사 동지처럼" 몸을 결속하면서 사유가 아닌 몸이 미학을 통해 세계 속에 존재하려는 시도에 가깝다. 박선희 시는 이러한 몸의 시학을 입증하듯, 시집 곳곳에서 신체 감각의 생명력을 발산한다. 그렇다고 해서 그의 시가 감각의 세계에 머물러 있는 것은 아니다. 그의 시는 몸으로 '사유'하기 시작하면서 세계 인식의 활력을 확보하고 있다.

2

그렇다면 몸의 사유를 어떻게 받아들여야 할까? 박선희의 표현을 가져와 말해보자면, 사유는 감각에 덧댄 '부목' 같은 것이다. 시집 『그늘을 담고도, 환한』에는 몸의 결여 혹은 신체적 미완성의 흔적이 곳곳에서 보이는데, 사유는 그러한 결여의 세계를 지탱해주는 방법이다. "나의 직립과 보행의 길을 세워준 것은/ 늘 바깥이었다"(「울퉁불퉁한 손」)라고 할 때, 몸의 외부에서 몸이 바로 설 수 있도록 해 주는 바깥이 사유의 방식이었던 것이다. 이렇게 사유의 부목이 덧대어져 있는 박선희 시에서 결여되는 것은 주로 신체, 그 중에서도 '발'이다. "유독 걸음이 불안한 여자"(「30초의 발목들」)처럼, 그것은 걷는 존재의 불안에 주목한 결과이다.

시는

네발로 기던 나를 세운 목발이며

걸을 때마다 허공에 매달린 왜소한 왼쪽 다리며

텅 빈 교실의 파수꾼이며

빈 시간을 눌러대던 건반의 울음이며

찔레꽃 아래서 숨결을 불어 넣던 연애며

청천벽력, 온몸에 줄을 매달고 중환자실에 누워 있는 어머
니며

바닥을 드러낸 저수지 아래서 옛집을 더듬던 기억이며

잃어버린 신발을 품고 깨어나던 꿈이며

함석집 처마 밑에 찍힌 낙숫물의 리듬이며

푸르고 누런 계절의 흔적을 물어 나르던 현기증이며

자나 깨나 밀려와 물의 깊이를 재는 파도의 분노며

밤을 인질로 곧게 세우는 펜촉

마침표를 찍는,

다시 시작이다

— 「시」 전문

시인이라면 자기만의 시론을 가져야 한다는 믿음이 일반적
이지만, 그것이 고집스럽게 지켜갈 수 있는 시론인지는 의심
의 대상이 되곤 한다. 그런 까닭에 시 편편마다 그 자체가 시

론이라는 의견에 고개를 끄덕이는 경우가 많다. 따라서 시는 양식의 문제이기에 앞서 존재의 질문을 해결해야 할 의무가 있다. 왜 시여야 하는지, 시로 존재하는 일이 어떤 의미인지를 따져 물을 수 있어야 하는 것이다. 이러한 물음의 근저에는 시가 인간 삶의 결정적인 순간을 잉태해야 한다는 당위가 전제되어 있다. 인간과 동떨어진 시를 상상하는 일은 불가능하기 때문이다.

이러한 관점에서 「시」는 시의 존재 물음에 대한 박선희의 시론으로 읽혀도 좋다. "시는" 이렇게 운을 뗀 후, '~이며'의 시행을 잇대어 배치하는 것이나 비유적 사유를 통해 의미의 확정을 지연하고 있는 전략은 그가 시의 속성을 얼마나 속속들이 간파하고 있는지를 보여준다. 비유의 속성이 의미의 개방성이라는 점에서 자기 시론에 대한 해명은 계속해서 유보되고, 그럼으로써 그는 향후 전개될 시적 가능성을 활짝 열어놓는다. 이렇게 1연에서 시적 순간을 열거함으로써 그는 마침내 "마침표를 찍는,/ 다시 시작"이라는 열린 순환의 인상적인 구도를 완성해낸다. '마침표'에서 종결을 읽어내지 않고 '다시 시작'이라는 개시의 전망을 확인하고 있는 것이다.

이제 1연의 각 행이 '~이며'의 통사구조를 이룬 이유를 알 수 있다. 박선희 시는 매순간 '다시' 시작하는 삶의 충동들로 가득하다. 이것이 문장에 마침표를 찍을 수 없는 이유다. 매일매일 다시 살아지는 것처럼, 그의 시는 끝나는 곳에서 다시 써진다. 그렇다면 그의 시가 다시 써지는 이유는 어디에 있을까? 「시」 1연에서 다시 시작되는 삶은 정상성의 범주에서 이탈해 있는 것처럼 보인다. "왜소한 왼쪽 다리" "텅 빈 교실" "빈 시간" "바닥을 드러낸 저수지" "잃어버린 신발" 같은 결여의 세목들이 차근차근 쌓여 삶을 이어간다. 그럼에도 결여의 형식들이 마침표를 찍지 못하는 것은 그것들을 지탱하고 있는 "목발"이 있기 때문이다. 이렇게 삶에 덧대어진 부목이 바로 박선희의 시적 사유이다. 그리하여 이제 보게 될 시처럼, 그는 몸의 영감을 사유하는 시 쓰기를 통해 거듭되는 일상을 새롭게 시작할 수 있다.

정해진 길의 무게,
그 신호체계 앞에서 내게 주어진 길은
비보호 좌회전
눈치껏 안전을 확보하며 달려야 한다

오랫동안 보호받지 못한
늑골의 통증
쿨렁, 방지 턱을 넘어선다
　　　　　　　　　　　　　　—「비보호 좌회전」 부분

삶은 언제나 "정해진 길의 무게"를 버티며 전개된다. 우리는 "내게 주어진 길"에서 그 길의 무게를 버티며 "눈치껏 안전을 확보하며 달려야" 하고, 수시로 삶을 막아서는 "방지 턱을 넘어"서야 한다. 그래야 하는 이유는 공적 규범, 이른바 이성과 합리로서의 "신호체계"가 "비보호"이기 때문이다. 누구도 우리의 삶을 보호해주지 않는 상황에서 우리는 스스로를 보호해야 하는 의무의 '무게'까지 짊어져야 한다. "늑골의 통증"은 이렇게 "보호받지 못한" 삶을 상징하는 몸의 기호이다. 따라서 "장애 2급, 그녀가 적은 것은/ 점심을 함께 먹어 줄 사람"(「밥터디」)이라고 했을 때, '함께 먹어 줄 사람'은 '장애 2급'의 신체적 통증의 무게를 나누어 질 부목 같은 존재여야 한다. 이 부목 같은 존재를 통해 박선희는 "생의 질곡 건너온 허연 종아리"(「고요」)에서 '늑골의 통증'을 감지하고 견뎌낸다. 여기에서 한 걸음 더 나아가 보호받지 못하고 눈치껏 살아온 존재들에게 한 편의 시가 "진통제를 삼키기 위한 밑밥"(「밥차」)이기를 희망하기도 한다.

3

인간의 몸이 감지하는 통증은 수를 헤아릴 수 없다. 저마다의 통증은 나름의 발생 맥락을 신경다발처럼 삶 도처에 뿌리 내린 채 잠복해 있다. 인간의 몸은 그 자체로 통점의 거대한 배양소이며, 통점은 서로에게 기대는 구조로 긴밀하게 네트

워크되어 있다. 잠복해 있는 통증은 몸이 무너지는 순간을 기다려 눈을 뜬다. "퇴행성 회전근개 파열 진단을 받"(「수명을 생각하다」)고 몸의 내구성을 생각하는 것은 "소나ㄱ비가와서오ㅅ도저ㅈ고머리도저ㅈ고"(「폴더를 접고 허리를 펴다」)처럼 분절된 삶에서 발견된 통점들이다. 이렇게 박선희의 시는 분절된 자음과 모음의 나열을 통해 우리 삶이 감추고 있던 불안의 양상을 압축적으로 보여준다. 맥락도 없이 불쑥 끼어 든 'ㄱ/ㅅ/ㅈ' 자음이 마치 통증을 견디는 신음처럼 읽힌다. 삶 곳곳에 잠복해 있던 통증은 "몸속에서 울어대는 저 깊고 느린 울음"(「첼로 연주자」)처럼 무맥락적으로 튀어나온다. 그 울음을 "지친 영혼의 눈을 적"시는 "지상에서 가장 슬픈 음"(「샤콘느」)으로 규정함으로써 박선희는 몸의 통증을 통해 영혼을 깨우고자 한다. 물론 이때 영혼에 닿는 것은 몸의 눈물/울음이다.

남자가 전신마취 속에서

나사못에 박히는 동안

여자는 모니터 앞에 앉아

너무 늦은 것은 아닐까

무너져 내릴 것 같은 모진 시간

801호

삐걱이는 침대 위에 누운 남자와

그 옆에 바짝 붙어 있는 여자

오랜 세월을 견뎌 낸 청동 주전자

주둥이는 간병인을 들이자 하고

설레설레 고개만 흔드는 손잡이

암벽등반을 배우겠다는 여자,

침대 바닥에 누워버린 절벽이 된 남자가

발 뻗고 편히 자자 달랜다

곁을 지키던 여자

누운 입에 죽 떠 넣어 주고

어린 햇살에 기대 얕은 잠에 든다

어깨를 다독이는 남자의 눈빛

슬쩍 등에 손 올리면

난로 위의 주전자처럼 끓어오를지 몰라

환하게 울음 울지도 몰라

―「누운 입」전문

　남자는 "삐걱이는 침대 위에 누"워 있고, 여자는 "그 옆에
바짝 붙어 있"다. 여자는 "암벽등반을 배우겠다"고 하고, 남자
는 여자가 타고 오를 수 있는 "절벽이 된"다. 두 사람 사이에
는 "오랜 세월을 견뎌 낸 청동 주전자"가 놓여 있다. 특별하지

않은 병실 풍경일 수 있지만, 눈여겨보고 싶은 지점은 두 사람 사이에서 끓어오르는 주전자이다. 남자와 여자는 청동주전자를 통해 대화를 주고받는데, "간병인을 들이자 하"는 사람이 있고, 그 제안에 "설레설레 고개만 흔드는" 사람이 있다. 정황상 남자가 간병인을 들이자는 쪽으로 보인다. 덧붙여 두 사람의 관계가 부부일 거라고 짐작할 수 있지만, 이 시는 끝까지 남자와 여자라는 객관적 지칭을 고수한다.

두 사람을 부부라는 공동체가 아니라 남자와 여자라는 개별 인물로 설정한 것은 박선희 시에서 흔히 볼 수 있는 배치다. "너의 문 앞에서 튕겼던 나처럼"(「닫힌 문」), "너를 거꾸로 세운 적 있다"(「롤러코스터를 타다」), "도심 한복판에서 너를 만나다니"(「맨드라미」), "너는 바다를 한 번도 본 적 없던 사막"(「칠월」), "너는 내 눈 속을 헤집으며"(「위한다는 일」)처럼 박선희는 '나'의 외부에 '너'의 존재를 세워두었다. 그럴 때 결여된 신체성에 덧댄 사유의 부목처럼, 너는 나의 결여를 지탱하는 자아화 된 존재에 가까워진다. 너는 나의 결여를 발견하고 나의 결여를 대체하는 존재, 다시 말해 '결여된 나'가 되는 것이다. 따라서 "슬쩍 등에 손 올리면/ …(중략)…/ 환하게 울음 울지도 몰라"라는 진술은 남자의 '통증'이 여자에게서 '울음'으로 전이될 거라는 것, 즉 주둥이와 손잡이가 하나의 '청동주전자'가 되어 끓어오르는 상징 구도를 해명해낸다. 남자의 결여가 '환한 울음'으로 대체됨으로써 이 시는 "무너져 내릴 것 같은 모진 시간"의 결여된 순간을 지탱하게 된 것이다. 이렇게 울음을 통해 통증의 순간을 해소하고, 삶의 결여된 시간을 버틸 수 있는 것은 세상의 모든 존재들은 결여 이전의 몸을 기억하고 있다는 믿음에서다.

    온 맘을 다해 절 세 번만 해도 존재가 바뀐다는데 튀어 오르는 용수철을 꾹꾹 누르듯 애써 감금시킨 채 견디던 날들 점점 높아지는 수온 속에서 흰 배를 뒤집어 보이며 둥둥 떠오른 물고기 같은 시간

    기다리고 있다고 건네던 너의 목소리 자유로웠던 몸의 기억들을 더듬어 곧장 달리기만 하면 되는 거야 바싹 마른 입술을 비집고 핏물이 배어 나온다 기다림에도 유효기간이 있을까

    네가 없다면
                                    ―「너에게 가는 길」 부분

  짐작하겠지만 우리의 삶은 매 순간 "흰 배를 뒤집어 보이며 둥둥 떠오른 물고기 같은 시간" 속에 놓여 있다. 그럼에도 매일매일 다시 살아갈 수 있는 것은 "자유로웠던 몸의 기억들을 더듬"을 수 있기 때문인데, 이 기억을 환기해주는 것은 "너의 목소리"이다. 우리의 삶이란 스스로를 "감금시킨 채 견디"면

서 "바싹 마른 입술을 비집고 핏물이 배어 나"오는 순간에도 자유로웠던 몸의 기억을 상기시켜 줄 목소리를 기다린다. 그럴 때 들려오는 '너의 목소리'는 결여된 우리의 삶을 견디게 하는 부목이 된다. 따라서 '너'라는 부목이 없다면 새로운 삶을 향한 "기다림"은 기대되지 않을 것이다.

이렇게 박선희 시인은 '결여의 신체성'을 시적 대상으로 통증의 현상학을 실현하고 있다. 그의 통증은 고독해진 내상, 즉 몸 안의 결여를 기표화하는데, 그럴 때 결여된 몸은 바깥의 '너'를 향해 울음의 형식으로 통증을 타진하고, '너'는 "밖으로 드러난 불안을 어루만지며/ 흔적을 수장할 물때를 기록"(「측도 가는 길」)한다. 박선희는 이 '물때의 기록'을 온몸으로 살아낸 결여의 내력이라고 간주하고 싶었을 것이다. 따라서 시집 『그늘을 담고도, 환한』을 읽는 동안, 한 점 깊은 어둠으로 남아 있는 몸의 결여를 발견할 수 있다면, 그리고 그 결여의 자리에서 흘러나오는 울음을 감지할 수 있다면, 우리는 어떤 삶이 "온 맘을 다해" "견디던 날들"이 있었다는 것을 증언할 수 있어야 한다. 그것이 박선희 시의 심연을 건너온, 즉 삶이라는 증언대 위에 세워진 보호받지 못한 몸의 목록들을 읽어버린 우리들에게 주어진 소명일 것이다. ▨

| 박선희 |

김제에서 출생했다. 2014년 『월간문학』에서 시로, 『수필과 비평』에서 수필로 등
단했다. 2016년 아르코 창작활동 지원금을 수혜했으며, 경북일보 문학대전과 민
들레문학상(대상)에서 수상했다. 시집 『건반 위의 여자』와 수필집 『아름다운 결
핍』이 있다. 현재 한국문인협회 회원으로 활동 중이다.

이메일 : aqz5194@hanmail.net

그늘을 담고도, 환한 ⓒ 박선희

───────────────────────

초판 인쇄 · 2020년 10월 22일
초판 발행 · 2020년 10월 27일

지은이 · 박선희
펴낸이 · 이선희
펴낸곳 · 한국문연

서울 서대문구 증가로 31길 39, 202호
출판등록 1988년 3월 3일 제3-188호
대표전화 302-2717 | 팩스 · 6442-6053
디지털 현대시 www.koreapoem.co.kr
이메일 koreapoem@hanmail.net

ISBN 978-89-6104-272-7 03810

값 10,000원

∗ 잘못된 책은 바꾸어 드립니다.

∗ 2020년 부천시 문화예술발전기금의 일부 지원을 받았습니다.

이 도서의 국립중앙도서관 출판시도서목록(CIP)은 서지정보유통지원시스템 홈페이지(http://seoji.nl.go.kr)
와 국가자료공동목록시스템(http://www.nl.go.kr/kolisnet)에서 이용하실 수 있습니다.
(CIP제어번호: CIP2020044523)